AF332272

D 3631 Suce
A.

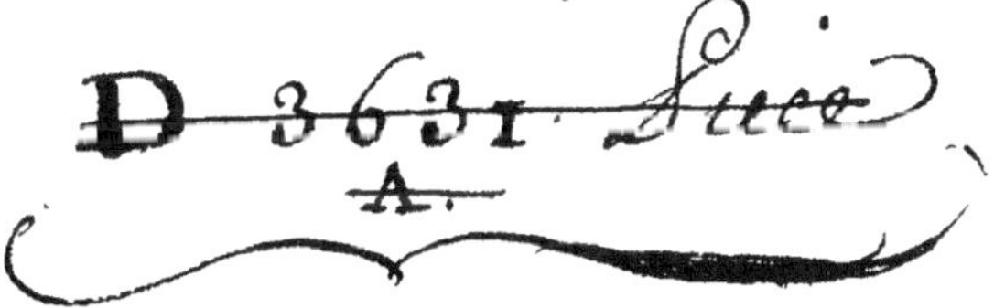

ÉPITRES

SUR

LE FORMULAIRE,

OU LE

QUICHOTISME

NOUVEAU.

AVERTISSEMENT.

MGR. l'Evêque d'Orléans vient de rendre le
20 Mai 1755 une Ordonnance, * qui prive
des Sacremens durant la vie & (même) à la mort,
les Religieuses de saint Charles, parce qu'elles re-
fusent de jurer que le Livre Latin d'un Evêque
Flamand qu'elles n'ont jamais lû ni pû lire, ren-
ferme cinq Hérésies, quoiqu'elles condamnent ces
Hérésies par-tout où elles sont, & même dans le
Livre de cet Evêque, si elles y sont. Cette Ordon-
dance si étrange, & qui l'est peut-être plus encore
par les exclamations qui en composent le préambule,
sur la difficulté que font ces Religieuses de jurer sur
leur part en Paradis, la verité d'un fait qu'elles
n'ont jamais pû connoître, rappelle trop naturelle-
ment la manie qui a troublé l'Eglise pendant si
long-tems au sujet de ces Souscriptions du fait de
Jansenius.

C'est ce qui a donné l'idée de faire réimprimer
une Piece de Vers ancienne, qui présente cet en-
thousiasme pour le fait de Jansenius sous un point
de vûe bien propre à en faire sentir l'illusion.
Le Quichotisme est une Peinture ingénieuse, &
malheureusement trop ressemblante de la conduite
qu'on a tenue sur le fait de Jansenius, & que Mgr
l'Evêque d'Orleans renouvelle aujourd'hui.

[*] On donnera dans peu cette Ordonnance avec quelques
remarques.

A

La seconde Piece ne paroît pas avoir été encore imprimée ; au moins on ne l'a vûe jusqu'ici qu'en Manuscrit. Elle mérite de n'être pas separée de l'autre. Cette Poësie agréable qui semble être de M. Barbier d'Aucour, peint assez bien ce qui se passe aujourd'hui dans le tableau de ce qui s'est passé sous M. de Beaumont de Perefixe, au sujet du fait de Janfenius & des Religieuses de Port-Royal. Les Billets de Confession sont un objet à peu près aussi aussi important que le fait de Janfenius ; & l'on se conduit pour les uns comme on s'est conduit pour l'autre. M. l'Evêque d'Orleans ressuscite même aujourd'hui ce dernier, & par-là les deux objets se rapprochent. On sera frappé sans doute de retrouver dans tous les tems la même foiblesse, les mêmes excès, la même déraifon dans ceux qui se passionnent avec tant de zèle pour ce fait si notoirement inutile à la Religion. C'est que dans tous les tems il est également déraifonnable de vouloir interesser la Foi, la Religion, le Salut éternel de simples Filles, & de faire dépendre la réception des Sacremens pendant la vie & à la mort, du serment qu'un Evêque de Flandre a enfeigné cinq Héréfies dans un gros Livre Latin qu'elles n'entendent pas, & qu'elles n'ont jamais pû lire.

LE
QUICHOTISME
NOUVEAU
OU
LE FORMULAIRE.

Rien n'eſt de vieux que le tems ne ramene, (*)
Tout parcourir ſeroit de longue haleine ;
Mais ſur le tout, ce qui fut de bon ſens,
Doit revenir avec le tems,
Son tems je dis, car ſouvent l'on s'entête,
De ramener choſe qui n'eſt pas prête :
Tel le fin goût des Quichots de nos jours,
Pour formulaire leurs amours,
Pour cette Ville réchinée ;
Que de deux Diables on croit née.
  Jugez qui c'eſt : & qu'on l'ait vû ou non ;
Si faut-il jurer bel & bon,

[*] Dom Quic. l. 1 ch. 4.

Ou s'attendre à grosse querelle ;
Qu'elle est droite, bien faite & belle ;
A propos de ces curieux,
Qui veulent tout voir de leurs yeux,
Ou qui vous traitent tout de conte,
Il faut qu'ici je vous raconte,
Certains Traits qui de point en point,
Et comme on dit en chausses & pour-point.
Est notre affaire . . .

Un beau matin lorsqu'après sa priere,
Dom Quichote eut Dulcinée invoqué,
Et tous absens aux combats provoqués,
Six gros Marchands que notre Gentilhomme,
Crut Chevaliers venant de Rome,
De Rome où l'on sçait tout, même ce qui n'est pas ;
Vers lui s'avançoient à grands pas,
Lors d'un ton fier presqu'en furie ;
(Car sur le fait n'entendoit raillerie.)
Notre Héros haussé dessus ses étriers,
Leur crie : arrêtés Chevaliers :
Et que nul de vous ne se presse
De passer outre, à moins qu'il ne confesse,
Et qu'il ne jure, (c'est le mot
De l'incomparable Quichot,)
Que du Toboso la Princesse,
L'illustre Dame que je sers,
N'a rien d'égal dans l'univers.

Le Diable auroit eu peur d'une telle figure,
De ce ton & de cette armure,
Qu'auroient fait de pauvres Marchands,
Qui pour l'ordinaire sont Gens,

Aimant la vie, & Race aussi poltrone,
Que Prêtres bien rentés & Docteurs de Sorbonne ;
Eux donc de craindre & de se regarder,
Entr'eux six de s'intimider,
Que ferons-nous ? ce n'est ici fadaise ;
Nous sommes gros & gras, ayant toutes nos aises
En ce Monde : Et que nous serions fous,
Pour un serment que l'air emporte,
D'aller tous fraper à la porte
Du noir Pluton. Jurons donc tous,
Faux ou vrai, de peu nous importe,
Que Dulcinée est trait pour trait,
D'un des bons Anges le portrait,
Jurer, écrire dans un Livre,
Tout ce qu'on veut, il n'est rien que de vivre :
Tous ces Gens si droits, & si ronds,
Sottes Gens : Vive les poltrons.
    Ainsi parloient nos Gens, quand l'un d'eux
       se ravise,
Il n'étoit pas homme d'Eglise,
Et dit en dépit du bon sens :
Seigneur Chevalier je consens,
Quand j'aurai vû cette merveille,
De-là chanter à nulle autre pareille.
Qui fit un cris, ce fut notre Héros,
Veillaques, francs marots, leur dit-il,
Vous me la donnés belle ;
Croire ce qu'on a vû c'est chose bien nouvelle,
A moi petits Messieurs, ce seroit grand exploit,
De faire croire ce qu'on voit.
    Jurer sans rien sçavoir, voilà ce qu'on me doit,

Jurez & tout à l'heure,
Ou que ma Seigneurie meure,
Si je ne vous écrâse tous,
Et de plus, que chacun de vous,
Pour celle que nul œil n'a vûe,
Aille les armes à la main,
Faire jurer au genre humain,
Comme chose claire & reçue,
Que la Tobosienne beauté,
Est du monde la rareté,
Et de nos jours la curiosité.

On craint à moins, & notre Brave même,
Quittant son arrogance extrême,
Baisse d'un ton & dit au Chevalier,
Qui comme un Prélat sans quartier,
Tenoit sa foudre toute prête,
Que votre colère s'arrête;
Seigneur errant, mettez notre esprit en repos,
Montrez-nous un des premiers mots,
Montrez-nous-en la moindre ressemblance,
Pour calmer notre conscience,
Qui ne peut jurer sur un fait,
Dont on n'a nulle connoissance;
Et puis, nous vous servirons à souhaits.
  Nous jurerons,
  Nous signerons,
  Nous prêcherons,
Que Dulcinée est la plus belle.
Et déja nous sentons tant de penchant pour elle,
Que quand nous lui verrions un œil tout de travers,
  La bouche & le nez à l'envers,

Que de l'autre œil il couleroit du fouffre ;
Pour nous retirer de ce gouffre ,
Nous en dirions des mirabilia ;
Et mille fois plus qu'il n'y a.
   De ces mots, notre errant percé jufque dans
      l'ame ,
S'écrie ; il n'en eft rien canaille infâme ,
C'eft la civette & l'ambre gris,
Qui n'eft ni louche ni boffue ,
Ni contrefaite ni tortue ,
Maudits vous avés blâphêmé :
Et tout de fuite en forcéné ,
Il vient fur eux, quand par mal-avanture ;
Un pas moins droit de fa fiere monture ,
Le jette à bas : Tout va culbutant ,
Maître, cheval, écu , lance, & partant
Plus de tenant ,
     Plus de Marchand ,
     Plus de défi , plus de ferment ;
     Ce fut la fin de notre affaire :
     Ainfi foit-il du formulaire.

PIÉCE

PIÉCE
DE VERS,
FAITE EN 1666,

Sur la conduite de Mgr. DE BEAUMONT DE PERE-
FIXE, *Archevêque de Paris*, (*) au sujet *des*
Religieuses DE PORT-ROYAL, & du fait
DE JANSENIUS.

Vous sçavez qu'à Paris, par un nouveau
      projet,
On a retranché bien des Fêtes;
Cela fait gronder maintes têtes,
Contre le Prélat qui l'a fait :

---

[*] Par un Mandement du 20 Octobre 1666, M. de Peréfixè,
    Archevêque de Paris, retrancha les Fêtes suivantes.

S. Mathias.	S. Roch.	Ste. Catherine.	Derniere Fête de la
S. Marc.	S. Barthelemi.	S. Nicolas:	Pentécôte.
S. Barnabé.	Ste. Croix.	S. Thomas:	Octave deFêteDieu,
Ste.Madeleine.	S. Michel.	SS. Innocens.	depuis midi:
Ste. Anne.	S. Luc.		s. Joseph. - - - -

[-- Les Morts, depuis midi. Toutes les Fêtes de Paroisse,
    hors celle du principal Patron.]

B

Quoi, dit-on, parce qu'on retranche,
A tous les Auvents une planche;
Le Pasteur qui domine ici,
Retranchera les Saints aussi ?
Vraiment, c'est bien-là nous instruire;
C'est bien pour nous sanctifier :
Le beau moyen d'édifier,
Que de prétendre tout détruire !
Mais encore quels sont ses desseins ?
Pourquoi retrancher tant de Saints ?
Eh! qu'a donc fait, dit l'un, S. Mathias l'Apôtre?
Qu'a fait Saint Barnabé, dit l'autre ?
Et chacun parlant pour son nom,
Et pour l'honneur de son Patron,
Il se forme une voix publique,
Et l'on entend de tous côtés,
Les noms de ces grands Saints qui ne font plus
    fêtés,
Dont chacun comme il peut fait le panégyrique.
On se demande enfin : Par quelle politique,
Nous les a-t'on donc tous ôté ?
C'est ce que dit le Peuple au sujet de ces Fêtes.
Mais vous m'avez souvent & sagement appris,
Que le Peuple a beaucoup de têtes,
Mais qu'il n'a pas beaucoup d'esprit,
En effet le Peuple est étrange :

Toutes les Fêtes de Dédicace, sont transférées au Dimanche d'après l'Octave de S. Denis.

Il permet le travail aux autres Fêtes, en cas qu'elles tombent dans un tems où il y auroit grande nécessité de travailler ; mais après avoir entendu la Messe, & avec la permission du Curé ou Vicaire.

Il prend à tout moment le change ;
Et devant qu'on parlât de ce retranchement,
Il a dit mille fois qu'il étoit néceſſaire.
Maintenant qu'on l'a fait, il conclut hautement,
Qu'on ne devoit jamais le faire.
Ce Peuple cependant n'a point ici de voix ;
C'eſt à lui ſeulement de recevoir les loix,
Et celle-ci n'a rien qui ne ſoit légitime ;
Puiſqu'en le diſpenſant de la ſolemnité,
Elle ôte ſeulement l'occaſion du crime,
Et tout le monde eſt incité,
D'honorer tous ces Saints ſelon ſa piété.
C'eſt auſſi ce qu'Urbain, le Pontife de Rome,
A fait avant notre Prélat.
Ils ont vû qu'après tout le Sabbat eſt pour l'homme,
Et non l'homme pour le Sabbat ;
Et qu'ainſi le Peuple fidèle,
Qui ne gagne ſon pain qu'au travail de ſes mains,
Ne le pouvant gagner aux jours de tant de Saints,
Leur vigilance paternelle,
A bien fait de pourvoir à ſon ſoulagement,
Par ce ſage retranchement.
Mais pour arrêter l'inſolence
De ceux qui blâment cette Loi,
L'autorité de notre Roi,
En a confirmé l'Ordonnance ;
Et l'on ne peut trop admirer,
Un Roi qui penſe à tout, & qui ſçait tout com-
    prendre,
Qui connoît la Juſtice, & qui veut nous la rendre
Autant qu'on la peut déſirer,

Et plus qu'on ne pouvoit attendre ;
Quand nous le vîmes tout ardent,
Courir si jeune à la victoire,
Qui de nous auroit osé croire,
Qu'un Roi si généreux dût être si prudent ;
Et que ce feu qui dans la guerre,
Formoit la foudre & le tonnerre,
Contre ses ennemis & contre leurs projets,
Dût répandre aujourd'hui cette douce lumière,
Qui dans une juste carriere,
Eclaire & conduit ses sujets ?
Mais que je vois de gloire & de magnificence !
Que de grandeur & de puissance !
Où mon zèle indiscret m'a-t'il donc emporté ?
Ma muse tremble & se retire.
Je n'ose la commettre à tant de Majesté,
Et je voulois seulement dire,
Que ce retranchement étoit plein d'équité.
Il est juste en effet : mais sous tant de justice,
Il s'est caché, dit-on, quelque petit caprice.
Ma muse s'y trouva quand l'affaire se fit ;
Et je vous le dirai comme elle me l'a dit.
Je vous le donne au moins sur la foi d'une muse.
Prenez garde à la fiction,
Je vous nomme ma caution,
Et vous sçavez comme elle en use :
Elle aime un peu la liberté,
Et mêle assez souvent la fable avec l'histoire.
Mais vous connoîtrez bien ce qu'il en faudra
    croire ;
Et cependant voici ce qu'elle m'a conté.

Un jour ce grand Prélat qu'on connoît à la
      mine,
Trouvant un Livre fous fa main,
Le prit, & l'ouvrant fans deffein,
Y rencontra le nom de fainte Catherine.
Il vit ce qu'en ont dit les plus communs Auteurs,
Que cette illuftre Fille en fa tendre jeuneffe
Avoit confondu les Docteurs,
Et diffipé l'éclat de leur vaine fageffe.
A ces mots, par un coup fatal
Il fe fouvint de Port-Royal;
De ces Filles dont la fcience
Et la profonde humilité
Ont foutenu la vérité
Malgré fon injufte puiffance,
Et réduit fon autorité
A garder un profond filence.
Ce cruel fouvenir le fit changer de tein;
Il fut d'abord faifi d'une fiévre inteftine:
Cent fois il frappa de la main,
Et cent fois le dépit fouleva fa poitrine.
Falloit – il donc, dit – il, que moi qui ne lis
      point,
Je luffe ce malheureux point
Qui n'a fervi qu'à me confondre,
Et qui reproche à mon efprit
Qu'avec tant de raifon des Filles m'ont écrit,
Et que je ne pus leur répondre ?
Ah ! cruel fouvenir, dit-il, d'un trifte ton;
Je crois que cette horrible idée
Et un véritable démon

Par qui mon ame eſt poſſedée.
Ma Muſe cependant, qui ne paroiſſoit pas ;
Le voyoit marcher à grands pas
Dans un triſte & profond ſilence :
Et puis par un ſoudain tranſport
Répondant à ſa conſcience :
Il eſt trop vrai, dit-il, j'ai tort.
Pourquoi tant preſſer cette affaire ?
Qu'avois-je dans l'eſprit, que prétendois-je faire ?
Et de quoi m'étois-je flatté,
Quand je fus tourmenter des Vierges fidelles ?
Par quelle opiniâtreté
Ai-je voulu diſputer avec elles ?
N'étoit-ce pas aſſez que leur humble reſpect
Me fît un ſerment véritable
De ne jamais parler du fait ?
Et ne devois-je pas être bien ſatisfait
D'un ſilence ſi raiſonnable,
Sans forcer leur raiſon par un cruel tourment
De publier ma honte & mon aveuglement ?
Ah ! c'eſt toi, pourſuit-il, Annat, (*) injuſte &
        traître,
C'eſt toi qui m'a mis aux abois.
Ne m'as-tu pas dit mille fois,
Que pour confondre tout je n'avois qu'à pa-
        roître ?
Je parus comme tu diſois ;
J'ai fait ce que tu propoſois :
Mais hélas ! l'on a vû qu'au lieu de tout confondre,
J'ai moi-même été confondu.

(*) Jéſuite, Confeſſeur du Roy.

Parmi tant de raifons mon efprit s'eft perdu ;
Je n'ai jamais pû leur répondre ;
Et je ne puis encor déguifer à mon cœur,
Que ces Filles m'ont fait des réponfes divines,
Et qu'elles font des Catherines,
Ou que je ne fuis pas Docteur.
Ah ! tu m'as bien trompé , miférable Jefuite ,
Lorfque tu vins comme un Démon,
Et que tu fis accroire à mon ame féduite
Qu'il ne falloit plus que mon nom
Pour les faire changer d'efprit & de conduite.
Je l'ai donné ce nom que je chériffois tant ,
Ce nom que javois fait fi grand ;
Et tu l'as fait fervir au gré de ta vengeance ;
Tu l'as rendu garant de ta mauvaife foi ;
Tu l'as produit par-tout avec ton ignorance ;
Tu l'as mis en gage pour toi ,
Et tout Paris qui t'a vû faire ,
Et qui veut fe mocquer de ma crédulité ,
Ne m'appelle que ton Vicaire.
Là fon front éclata comme une ardente braife ;
Et ma Mufe m'a dit qu'il en fua par-tout ,
Et que ne pouvant plus fe foutenir debout ,
Il fe laiffa tomber dans les bras d'une chaife.
Mais à peine y fut-il qu'un fecret mouvement
Le relevant foudainement :
Ah ! dit-il, d'une voix haute & baffe ,
Que ces Filles me font fouffrir !
Et que ne fuis-je dans la place
De celles que j'ai fait mourir !
Je crois , pourfuivit-il , que l'on me lit fans
      ceffe

Tous les Ecrits qu'elles ont faits;
Et quand on vient à ces endroits
Où la vérité prouve & preſſe,
Je ſens mon cœur s'arrêter là,
Et j'entens une voix qui d'une force extrême
Me demande au fond de moi-même:
Que peux-tu répondre à cela?
Rien du tout, cria-t'il: la raiſon m'abandonne;
Et par un ſort cruel dont je ſuis inveſti,
Moi, Proviſeur de la Sorbonne,
Je demande un Docteur qui prenne mon parti,
Et je ne puis trouver perſonne.
Juſte Ciel! a-t-on jamais vû
Un Proviſeur plus dépourvû!
Je ſçai bien qu'en cette indigence
Chamillard a pris ma défenſe,
Et que s'il n'eût fallu que bonne volonté,
Le bon homme eût tout emporté.
Mais par malheur il faut dans ces cas d'impor-
      tance
De l'eſprit & de la ſcience.
C'eſt pourquoi Chamillard s'eſt fait chamillarder;
Et pour peu qu'il faſſe d'inſtance,
Je crois qu'il ſe fera brider.
Mais cet autre Docteur, tout fait de muſc &
      d'ambre,
Ce petit poli de Gaudin
N'a-t-il pas mis au jour un Ecrit ſi badin,
Qu'on vouloit qu'il fût fait par un Valet de
      Chambre?
J'en fus fâché moi ſeul, & tout le monde en rit,

De

De voir ce beau Docteur qui penſoit tout ſou-
    mettre,
Retourner le ſens d'une lettre,
Comme l'on retourne un habit,
Et le Pere Amelot n'eſt-il pas pitoyable ?
S'il veut dire un mot ſeulement ,
Il faut que ſon eſprit s'enfle auſſi vainement
Que la grenouille de la fable.
Il penſoit tout briſer de ſon ſtyle fougueux ,
Et ſur ce faux eſpoir ſon ame étoit guindée :
Mais quelqu'un lui fit voir l'erreur de ſon idée.
Lui , ſans lui répliquer, demeura tout honteux.
Cependant par un ſort que je ne puis comprendre,
Cet homme qui jamais n'a pû parler pour ſoi ,
Prétend aujourd'hui me défendre ,
Et s'ingere à parler pour moi.
Dans un Ecrit préliminaire,
Dicté de ſon ſtyle ordinaire,
Ridiculement ſérieux ,
Par la machine d'une phraſe ,
Il me fait monter juſqu'aux cieux,
Et m'appelle un Saint Athanaſe.
Se peut-il rien de plus mal feint ?
Et s'il alloit donner envie,
Sur ce qu'il dit que je ſuis Saint,
A quelqu'un d'écrire ma vie !
Grand-Dieu, défendez-moi d'un ſi malheureux
    ſort.
Ma vie, hélas, ſeroit ma mort :
Et d'ailleurs que dit-il de ce vieux fanatique ,
Ce faux Prophete Deſmarets ,
Que j'ai mis dans mes intérêts,

Par une indigne politique?
C'eft un rêveur, c'eft un hibou;
C'eft un illuminé, c'eft un vifionnaire;
Un homme qui voit les myftêres,
Et qui ne voit pas qu'il eft fou.
Mais ce qui pouffe à bout mon énorme puiffance,
C'eft qu'auffi-tôt qu'on eut fon ridicule écrit,
On tira cette conféquence,
Que puifqu'il prénoit ma défenfe,
Il falloit qu'il eût mon efprit.
C'eft avec ce piquant & malheureux langage
Qu'on déchire mon cœur, qu'on l'accable &
    l'outrage.
Mais le plus grand mal qu'il reffent,
C'eft que ma confcience elle-même y confent,
Et m'en dit encor davantage.
Il eft vrai que jamais je n'ai rien répondu,
Que des filles m'ont confondu,
Et qu'au lieu d'approuver leurs raifons convain-
    cantes,
Ma tyrannique vanité,
N'a pû fouffrir la vérité,
Et les a fait punir d'être trop innocentes;
Mais ni par les durs Mandemens,
Ni par les menaces cruelles,
Ni par les emprifonnemens,
Je n'ai pû les rendre infidelles;
Et je dois l'avouer, puifqu'enfin je le vois,
La grace eft plus forte que moi.
Quand il eut dit ces mots d'une voix pitoyable,
Il s'affit, & preffant fon front de fes deux mains,
Il s'appuia fur une table,

Et lui-même eut horreur de ses lâches desseins.
Quelques momens après : ma conduite est étrange,
Dit-il en s'écriant, & j'en ai peur enfin.
Quelle qu'en puisse être la fin,
Je ne sçaurois prendre le change ;
Je ne sçaurois jamais me laisser démentir ;
Et quelque mal que mon cœur sente,
Quoiqu'il gémisse & se répente,
Il faut cacher son répentir :
Il faut soutenir une faute,
Quand on l'a faite avec éclat.
L'avouer, ce n'est pas montrer une ame haute,
Et c'est agir en homme, & non pas en Prélat :
Un Prélat doit garder le titre d'infaillible.
En quelqu'erreur qu'il ait vieilli,
Jamais une douleur visible
Ne doit montrer qu'il a failli.
Il faut qu'il n'ait point de tendresse,
Qu'il entreprenne tout, & qu'il ne craigne rien.
Le mal fait avec hardiesse,
Eblouit & paroît un bien.
Après [m'a dit ma muse] avoir fait ces maximes
Si favorables pour les crimes,
Il conclût en disant d'un ton pontifical ;
Accablons donc le Port-Royal :
Perdons ces Vierges trop fidelles,
Et traitons-les si rudement,
Que la rigueur du chatiment,
Fasse juger à tous qu'elles sont criminelles.
Vengeons-nous implacablement
De ce triste & fâcheux silence,
Que leur trop subtile science,

M'impose si honteusement.
Sans doute elles ont trop d'esprit & de Doctrine.
Vit-on jamais tant de raison ?
Par-tout on les compare à Ste. Catherine,
Et je sçai bien où va cette comparaison.
Mais puisqu'enfin la Sainte a rapport avec elles,
Son nom sera rayé des Fêtes solemnelles.
Oui, reprit-il, je l'en exclus,
Et l'on ne la fêtera plus.
Par cette seule cause elle fut rétranchée;
Mais pour tromper nos jugemens,
Et pour tenir toujours cette raison cachée,
On fit en même-tems d'autres retranchemens :
D'une puissance entiere & pleine,
On retrancha Sainte Anne & Sainte Madelaine,
S. Marc, S. Luc, S. Roch, Ste. Croix S. Tho-
     mas,
Les Saints Barthelemi, Barnabé, Mathias,
Tous trois de l'ordre des Apôtres;
S. Joseph, S. Michel avec S. Nicolas,
Les Innocens comme les autres,
Tous ensemble ont passé le pas.
Voilà ce que j'ai sçu de ma muse historique :
Mais au moins ne l'oubliez pas,
Puisque l'Ordonnance est publique,
Ne dites pas un mot du cas,
Vous sçavez que souvent dans un destin semblable,
Dans ces Actes publics que la Puissance écrit,
On ne donne au Lecteur qu'un prétexte probable,
Et que la raison véritable
Est cachée au fond de l'esprit.

F I N.

www.ingramcontent.com/pod-product-compliance
Lightning Source LLC
LaVergne TN
LVHW020514060726
842525LV00005B/1955